王梅心 李 勇 吴雅慧／编

U0116906

大画POP 字体多面观

福建美术出版社

图书在版编目（CIP）数据

字体多面观/王梅心，李勇，吴雅慧编.—福州：福建美术出版社，
2008.2

ISBN 978-7-5393-1910-0

Ⅰ.字… Ⅱ.①王…②李…③吴… Ⅲ.广告—宣传画—设计 Ⅳ.J524.3

中国版本图书馆CIP数据核字（2008）第016527号

大画POP·字体多面观

作　　者：王梅心　李　勇　吴雅慧

责任编辑：陈　艳

装帧设计：陈　艳

e-m a i l：from_now@126.com

出版发行：福建美术出版社

印　　刷：福建金盾彩色印刷有限公司

开　　本：787×1092mm　1/16

印　　张：5

版　　次：2008年2月第1版第1次印刷

印　　数：0001-3800

书　　号：ISBN 978-7-5393-1910-0

定　　价：27.80元

目录

王梅心

李　男

吴雅慧

第一章　　POP字体综述

1、POP字体的种类

（1）POP正体字：

正体字是POP字体中最基础最根本的字形结构，其字形方方正正，给人一种规整的感觉。很多POP变体字都是在正体字的基础上进行变化的，所以掌握好正体字的书写非常重要。正体字的主要特征是将原来带有弧线的笔画尽量地拉直成接近成横划或竖划，并且尽量扩充撑满格子，达到饱满的效果，在后面POP字体结构及书写技巧中我们还将详细讲解（图 01）。

图 01

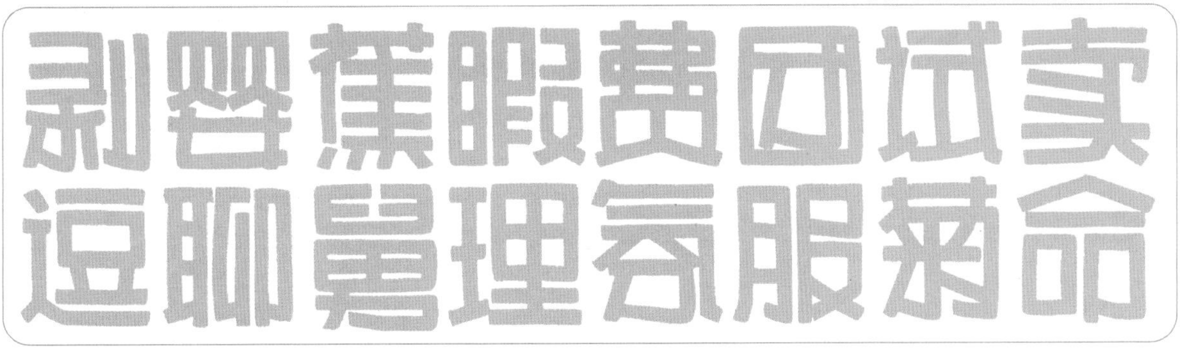

（2）POP变体字：

POP变体字形式多样，多是将结构严谨的正体字转变成更为活泼，更具趣味性的字体，以丰富POP广告的视觉效果和增加POP广告的表现力。变体字有的是在正体字的结构基础上进行笔画的变化，有的是对正体字的结构进行比较大的错位拉伸，以达到活泼新颖的效果（图 02、图 03、图 04、图 05）。

图 02

图 03

图 04

图 05

（3）POP装饰字体：

POP装饰字体多是运用在海报的标题、副标题以及一些需要特殊处理、着重强调的文字信息的处理上。装饰字体一般较大，多在变体字的基础上对字体进行各种各样的装饰处理，让其更富趣味性，大大增强了广告的视觉冲击力，让POP广告能在纷繁的商业铺面中脱颖而出，对受众具有很强的吸引力（图06、图07、图08）。

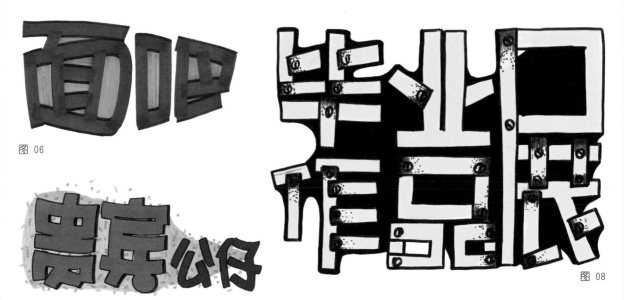

图 06

图 07

图 08

2．POP字体工具及特性

凡是可以用来书写的器材，都可能成为POP字体的书写工具。不过，从实用性、便利性、经济性几个方面考量，现在最为常用的书写工具为：各式马克笔、平头水粉笔、圆头水彩笔以及各式毛笔。

（1）马克笔：

马克笔，又名麦克笔，其实是英文MARKER的音译，也就是标记、记号的意思，所以也有叫记号笔的。

从墨水的性质上看，分为油性马克笔（ALCOHOL BASED INK）和水性马克笔（WATER BASED INK），两种笔在POP书写及制作中都很重要，配合使用能达到很好的效果。在购买时可以多看笔杆（图 09），通常上面都有相应标示，如品牌、性质、色号等。油性马克笔通常是以酒精作为溶剂，所以有的品牌会将其标为酒精性马克笔。最直接区分油性和水性的方法是闻气味，油性马克笔有强烈的酒精味，较为刺鼻，而水性的则没什么特殊气味。

图 09

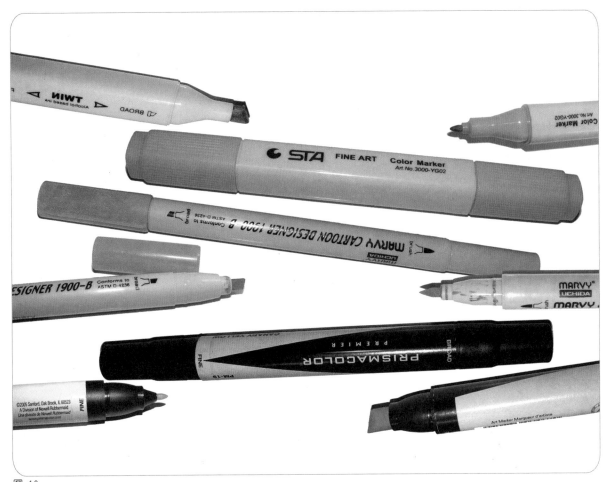

图 10

图 11

市面上销售的水性马克笔一般笔头为斜方头3MM，常常用于书写广告正文等字体较小、文字较多的部分或者用于给POP插图着色（图 11）。

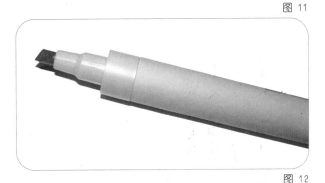

图 12

油性马克笔一般为酒精性的，大小、品牌、型号不等，形式很多：有常见的双头油性斜方头加圆头的双头马克笔（图 10）；也有粗细圆头结合的双头勾线笔（图 12），以及我们常常用来写标题的特宽平头的单头笔（图 13、图 14）。

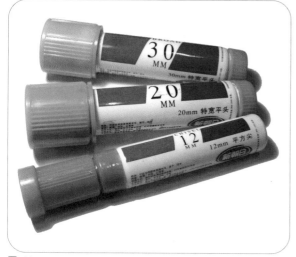

图 13

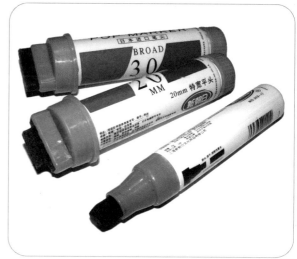

图 14

想要对马克笔笔性有很好的掌握，需要多加练习，多画长的横竖直线，各式曲线，圆圈等，特别要注意笔头的旋转、承接（图 15）。

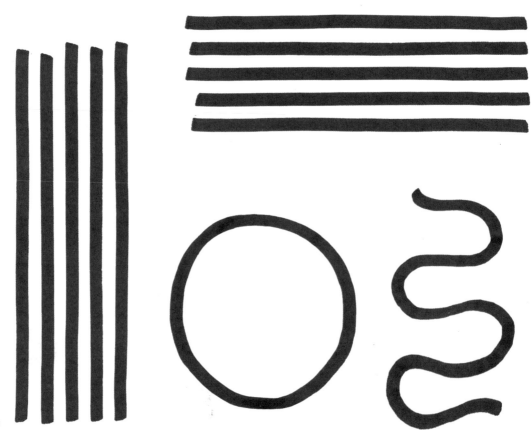

图 15

（2）软笔：

软笔的总类繁多，常用的有平头水粉笔，圆头水彩笔，以及各式毛笔，如衣纹、叶筋、白云等（图16）。

图 16

平头软笔多用于书写一些方正的字体，而圆头笔以及毛笔多用于书写一些随意性较大的字（图17）。软笔一般配合水粉颜料或墨水使用，其最大的好处就是价格便宜，颜色丰富。

图 17

第二章　　手绘POP字体基础结构

1、POP正体字结构及书写技巧

前面我们说过正体字是POP字体中最基础最根本的字形结构，很多POP变体字都是在正体字的基础上进行变化的，所以掌握好正体字的书写非常重要。本章节中我们将对正体字的结构进行详细讲解，读者只要掌握一下几个原则，多加练习，很快就能写出带有POP韵味的字了。

原则一：摆脱传统笔画笔顺习惯。笔画挺直，书写顺序从左至右，由上而下，遇到包围结构的字形更要特别注意（图18）。

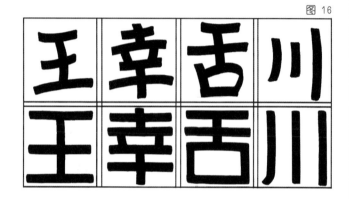

图 16

原则二：笔画等长及扩充。各个笔画头尾尽量齐平，达到扩充拉伸的效果，上下尽量少留空间，遇到口即扩充（图19）。

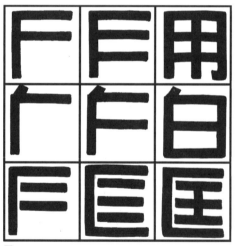

图 19

原则三：曲线笔画尽量拉直：接近横划的写横划，接近竖划的写竖划，角度较大的斜线尽量缩小其角度或将其断开错位（图20）。

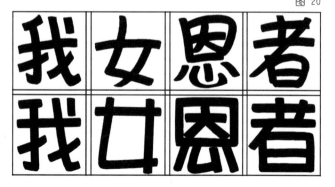

图 20

原则四：掌握部首分割比例。部首的比例主要取决于部首的大小、位置和笔画的多少，笼统地说结构简单的部首所占的比例小些，一般占1/4、2/5、1/2的较为常见，反之则大些，具体的结构比例可在图中更直观的了解（图 21、图 22）。

图 21

1/4	3/4	2/5	3/5	1/2	1/2
伯		吟		新	
活		好		动	
行		绘		略	

图 22

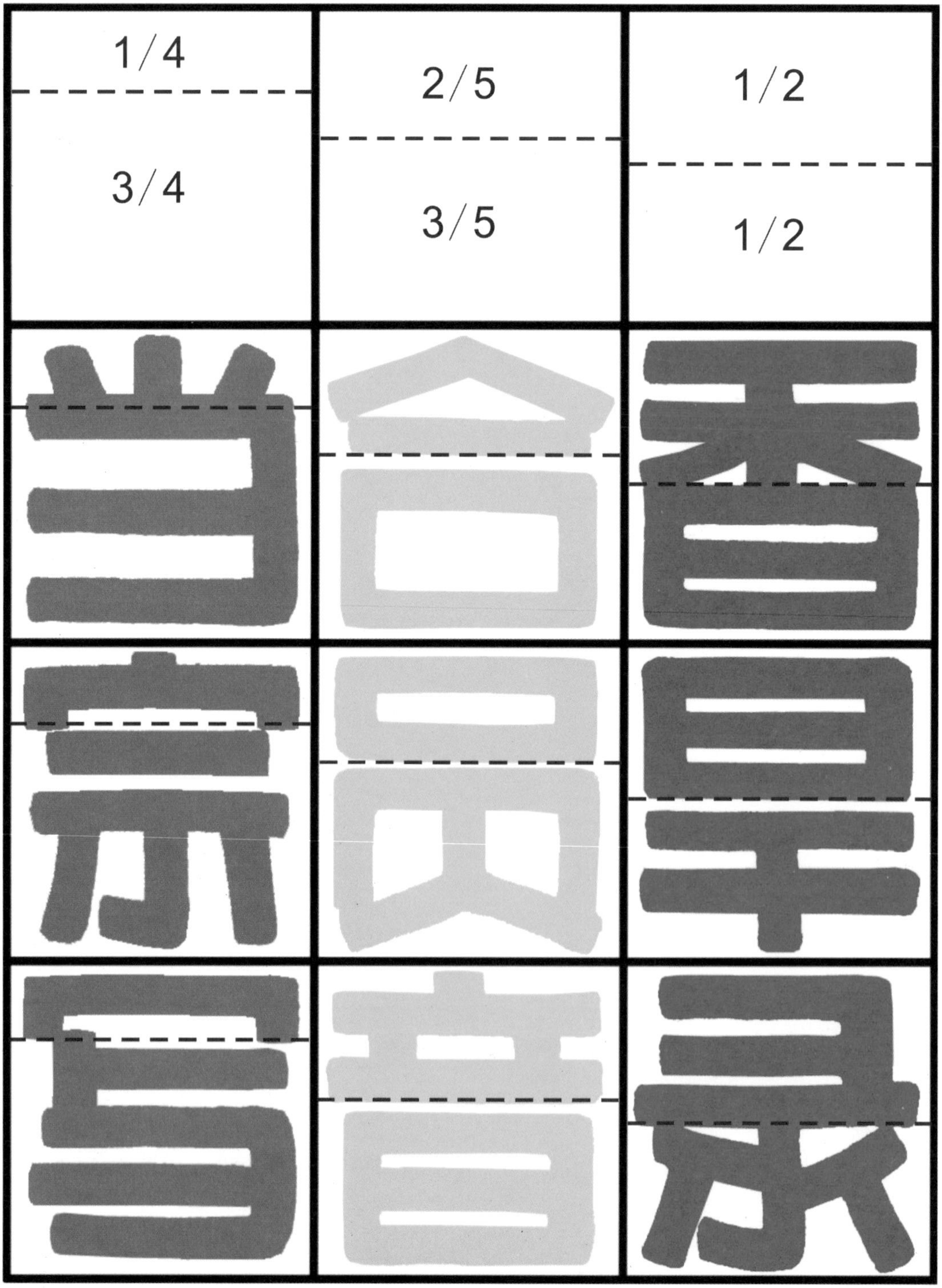

1/4	2/5	1/2
3/4	3/5	1/2

当

合

香

宗

明

早

与

音

录

2．硬笔POP变体字结构及书写技巧

　　POP变体字形式多样，丰富了POP海报的视觉效果也增强了表现力。变体字有的是在正体字的结构基础上进行笔画的变化；有的是对正体字进行一定的曲线化处理，使之更具亲和力；有的是对正体字的结构进行比较大的错位拉伸，以达到活泼新颖的效果。变体字也因其灵活多变、新颖动感的特性，成为海报标题的基础字体，再配合上一些字体装饰技巧，将获得很强的视觉冲击力。本节里，我们重点讲解附录中出现的几种硬笔变体字的书写技巧（图 23）。

第一列　　第二列　　第三列　　第四列　　第五列

13

图 23

第二列：横细竖粗、活泼灵动。第二列的字体在正体字的基础上，保留竖划原有的宽度，将横划变细，字面感觉较为宽松。字型结构上稍为变化，增加了笔画的倾斜度和曲度，这样使得整个字型更活泼更紧凑，该字体多用于书写正文及一些较小的文字（图24）。

图 24

图 25

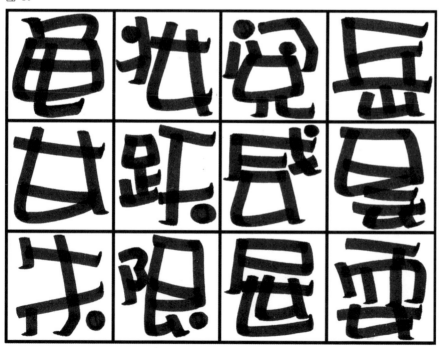

第三列：夸张变形、收尾提笔。该字体和正体字比较起来，变化较大。该字体在字型结构上做了许多夸张的变化以形成较大的趣味性，并且在笔画的末端增加了一小截提笔的装饰，使得字体带有较强的个性化风格。在此我们总结了该字体字型变化上的特点：

（1）刻意将部首缩小；

（2）将半包围结构的字的上半部分缩短（图25）。

第四列——圆头圆尾、交界内饰：以圆头马克笔为书写工具，笔画圆头圆尾，字型结构在正体字的基础上做些许变化，整个字体感觉清新可爱。为了避免该字体略显单调，我们特意在笔画的交界处进行了一定的装饰，增加了内角的弧线，使得字体更加圆润富有动感（图 26）。

图 26

3．软笔POP变体字书写技巧

POP软笔字体相较与硬笔字体来说，书写难度主要在于对软笔的把握上。在POP软笔字的书写上，常用的工具有毛笔的小白云、中白云、斗笔、叶筋笔、圆头水彩笔、平头水粉笔、弧头水彩笔等。这里我们着重介绍几种常用的工具及字体。

（1）中白云毛笔书写的字体，字型规整中不失活泼，笔画粗细变化适中，具有浓重的中国风味，特别适合用于一些中国传统风格或西式复古风格的海报（图 27）。

图 27

（2）平头水粉笔书写的字体：平头软体（图 28）。

图 28

方头尖尾

方头方尾

16

（3）圆头水彩笔书写的字体：圆头软体（图 29、图 30）。

图 29

天然酿造

长期保存

圆头圆尾

经典推介

圆头尖尾

图 30

4、数字及英文字母结构及书写技巧

数字在POP海报中的应用可以说是几乎每张必用的，比如价格、折扣、活动时间、联系电话、地址等等，所以掌握好数字的书写也是非常重要的。POP数字的书写技巧，可分为几种不同的字体去分析。

（1）通用体：可用于大部分场合。通用体是以平头笔为书写工具，其笔画横细竖粗，带有一定的宋体特征。通用体的字型方正，讲究满格处理，要注意尽量将数字撑满方格（图31）。

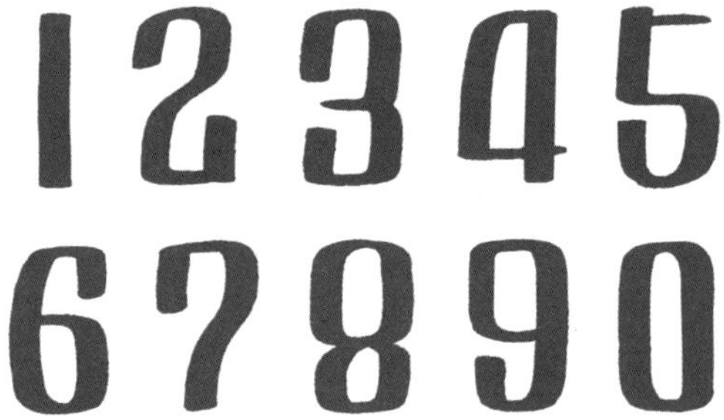

（3）空心体：顾名思义就是中间镂空的字体，空心体变化多，此处仅节选一个简单的例子进行示范，后面的数字字体附录中还有其他的空心字体可做参考。其实很多字体都可以进行空心处理，或在空心处理的基础上再加上些字体装饰的手法，使得字体更加丰富（图33）。

图 31

图 33

（2）自由体：指的是活泼可爱的字体，在自由体的书写中可可以打破一些以往的书写规范，将字体进行夸张的变化，达到一种新颖活泼的效果。自由体常常运用在标题，以及海报中较大和需要突出的数字上（图32）。

（4）软笔字体：软笔字体是以软笔书写的数字字体，其形式多样，笔画变化多，圆润活泼，具有很强的装饰性和审美趣味（图34）。

图 32

图 34

随着国际化进程的不断深入，英文在POP海报中的应用也是必不可少的，如很多国内外品牌都有其英文名称，如FORD、BenQ等，而很多常用的流行英文词汇如bar、coffee、off或英文缩写形式如DIY、BBQ等都很深入人心，都成为了广告中常用的高频词汇。此处我们以最常用最基本的平头马克笔书写的英文字体（图35）作为学习重点。在平头马克笔书写英文字母时，最重要的就是笔头的走向和角度，并且在书写时要打破一些固有的书写笔画顺序，注意随时把握平头笔的平头和纸面的接触面，注意手腕和笔杆的旋转。练习时可根据图中的红色线的箭头方向行笔，尤其注意曲线笔画的行笔和衔接。

大家可以在掌握了基础字体后结合后面附录中的花式英文字体进行更深入的学习。

图 35

1234567890

1234567890

1234567890

1234567890

一二三四五六七八九十

1234567890

全场7折

2007年
12月24日

特价1690

促销价1450元

ABCDEFGHIJ
KLMNOPQRS
TUVWXYZ
abcdefghijklmn
opqrstuvwxyz

ABCDEFGHIJK
LMNOPQRSTU
VWXYZ
abcdefghijklmn
opqrstuvwxyz

Cake

NOE

OPEN

COFFEE

BAR

SALE

CODGIE & NIWO

MP3 TOP

第三章　　POP标题字体及字体装饰

1. 标题字体与字体装饰

一张海报最重要的就是它的标题了，醒目的标题能吸引更多的关注，让广告效果大大提高。毋庸置疑，我们在POP海报中也要花大力气在标题的设计和制作上，由此也延伸出了许多漂亮醒目的装饰字体。在此我们将标题装饰字体进行几种大的分类，便于大家循序学习。

（1）内部装饰（图 39、40、41）：由于笔画的分割在文字中会出现封闭的小块，内部装饰就是在这些小块中填上漂亮的颜色即可。填充于内部的这些色块，可以是统一的颜色也可以是不同的花色，但是一定要注意色块和文字颜色的对比和协调。

步骤一：书写文字（图 36）；

步骤二：勾画轮廓（图 37）；

步骤三：在封闭的空间中填色（图 38）。

图 36

图 37

图 38

　图 39　　　　　　　图 40　　　　　　　图 41

（2）背景装饰（图 45—48）：在文字的底部和外围用鲜艳的颜色绘制线条或趣味图案，使得文字更加突出，更具表现力。

步骤一：书写文字（图 42）；

步骤二：勾画轮廓（图 43）；

步骤三：在文字的外部及背景上画上背景图案（图 44）。

图 42

图 43

图 44

图 45

图 46

图 47

图 48

（3）笔画装饰：在文字的笔画上进行一些装饰，如：

肌理装饰（图 49、50）：根据文字内容，对其进行肌理变化，比如石纹、木纹、布纹等等。

图 49

图 50

分割装饰（图 51、52）：根据文字内容和含义，将笔画分割成几个部分，填上些不同的颜色，让整个文字具有整体感和趣味性。

图 51

图 52

笔画替换装饰（图 53、54）：将文字中的某些或某个笔画用具象的插图或图案来替换，让文字所要表达的意思更加直接和富有个性。

图 53

图 54

（4）综合应用（图 55—59）：以上的几种标题装饰方法并不是单一不变的，我们可以将几种方法综合应用。大家也可以充分发挥想象力和创造力，创作出更多更好更醒目的装饰字体。

图 55

图 56

图 57

图 58

图 59

奇幻之旅

新上市

红豆派

智慧眼

香蕉

麻辣小龙虾

校庆店

牛仔作品展

28

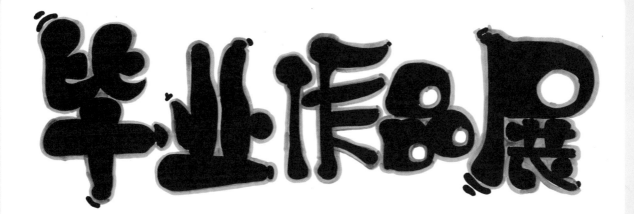

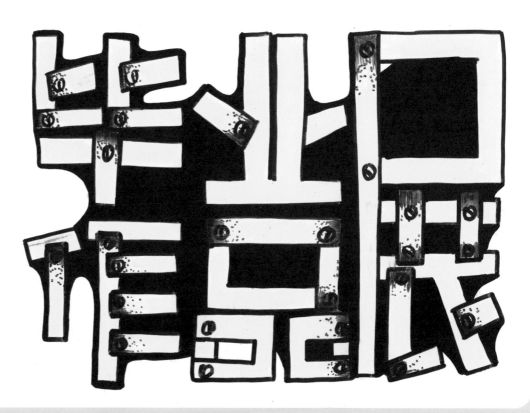

牛太郎汤面

农家乐.

大放送

活加悦色

特价商品

红粉佳人

布丁总动员

咖喱鸡饭

第四章　　　手绘POP字体常见字速查

　　以字典形式出现，节选POP海报中最常用的300个字，尽量能够使读者通过掌握这些字的结构、偏旁部首等来组合出大部分常见文字。这300个字，每页出现7个字，每个字提供5种最实用且区别较大的字体，可供读者进行比较和学习。分别为：硬笔宽头正体、硬笔宽头变体一、硬笔宽头变体二、硬笔圆头变体、软笔变体。

一	一	一	一	一
二	二	二	二	二
三	三	三	三	三
四	四	四	四	四
五	五	五	五	五
六	六	六	六	六
七	七	七	七	七

八	八	八	八	八
九	九	九	九	九
十	十	十	十	十
重	重	電	重	重
骨	骨	骨	骨	骨
音	音	音	音	音
厨	厨	厨	厨	厨

丽	丽	丽	丽	丽
事	事	事	事	事
面	面	面	面	面
书	书	书	书	书
升	升	升	升	升
入	入	入	入	入
后	后	后	后	后

両 両 両 両 両

乐 乐 乐 乐 乐

甘 甘 甘 甘 甘

式 式 式 式 式

年 年 年 年 年

Y Y Y Y Y

质 质 质 质 质

开 开 开 开 开
友 友 友 友 友
互 互 互 互 互
老 老 老 老 老
来 来 来 来 来
更 更 更 更 更
够 够 够 够 够

卤	卤	卤	卤	卤
壳	壳	壳	壳	壳
似	似	似	似	似
供	供	供	供	供
侧	例	例	例	例
企	伞	伞	伞	伞
食	食	食	食	食

价	价	价	价	价
夜	夜	夜	夜	夜
高	高	高	高	高
商	商	商	商	商
毫	毫	毫	毫	毫
冠	冠	冠	冠	冠
客	客	客	客	客

完 完 完 完 完
定 定 定 定 定
宾 宾 宾 宾 宾
寔 实 实 实 实
救 救 救 救 救
效 效 效 效 效
收 收 收 收 收

教 教 教 教 教
牌 牌 牌 牌 牌
欣 欣 欣 欣 欣
新 新 新 新 新
断 断 断 断 断
瓜 瓜 瓜 瓜 瓜
受 受 受 受 受

爸	爸	爸	爸	爸
肤	肤	肤	肤	肤
服	服	服	服	服
背	背	背	背	背
歌	歌	歌	歌	歌
欢	欢	欢	欢	欢
欧	欧	欧	欧	欧

款	款	款	款	款
段	段	段	段	段
般	般	般	般	般
旅	旅	旅	旅	旅
族	族	族	族	族
炒	炒	炒	炒	炒
炖	炖	炖	炖	炖

亚 亚 亚 亚 亚

烟 烟 烟 烟 烟

炸 炸 炸 炸 炸

料 料 料 料 料

斜 斜 斜 斜 斜

煮 煮 煮 煮 煮

然 然 然 然 然

煎	煎	煎	煎	煎
态	态	态	态	态
总	总	总	总	总
您	您	您	您	您
感	感	感	感	感
砖	砖	砖	砖	砖
破	破	破	破	破

祝	祝	祝	祝	祝
碧	碧	碧	碧	碧
福	福	福	福	福
袜	袜	袜	袜	袜
裤	裤	裤	裤	裤
群	群	群	群	群
美	美	美	美	美

羞	羞	羞	羞	羞
眠	眠	眠	眠	眠
睫	睫	睫	睫	睫
督	督	督	督	督
男	男	男	男	男
电	电	电	电	电
画	画	画	画	画

留	留	留	留	留
盐	盐	盐	盐	盐
益	益	益	益	益
疑	疑	疑	疑	疑
短	短	短	短	短
钙	钙	钙	钙	钙
锅	锅	锅	锅	锅

的	的	的	的	的
泉	泉	泉	泉	泉
鸡	鸡	鸡	鸡	鸡
鸭	鸭	鸭	鸭	鸭
鸯	鸯	鸯	鸯	鸯
穿	穿	穿	穿	穿
窜	窜	窜	窜	窜

拜 拜 拜 拜 拜

耗 耗 耗 耗 耗

聘 聘 聘 聘 聘

聊 聊 聊 聊 聊

奶 奶 奶 奶 奶

婚 婚 婚 婚 婚

姐 姐 姐 姐 姐

姿 姿 姿 姿 姿

威 威 威 威 威

娜 娜 娜 娜 娜

娱 娱 娱 娱 娱

验 验 验 验 验

骑 骑 骑 骑 骑

珍 珍 珍 珍 珍

望	望	望	望	望
玫	玫	玫	玫	玫
珠	珠	珠	珠	珠
杂	杂	杂	杂	杂
挢	桥	斫	桥	桥
楠	楠	楠	楠	楠
拑	树	树	树	树

杯	杯	杯	杯	杯
枕	枕	枕	枕	枕
柔	柔	柔	柔	柔
轮	轮	轮	轮	轮
较	较	较	较	较
成	成	成	成	成
戒	戒	戒	戒	戒

我	我	我	我	我
武	武	武	武	武
时	时	时	时	时
是	是	是	是	是
晚	晚	晚	晚	晚
晶	晶	晶	晶	晶
最	最	最	最	最

智　智　智　智　智

赠　赠　赠　赠　赠

货　货　货　货　货

贩　贩　贩　贩　贩

购　购　购　购　购

费　费　费　费　费

贺　贺　贺　贺　贺

物	物	物	物	物
特	特	特	特	特
帐	帐	帐	帐	帐
帅	帅	帅	帅	帅
即	即	即	即	即
陇	陇	陇	陇	陇
陈	陈	陈	陈	陈

附	附	附	附	附
降	降	降	降	降
随	随	随	随	随
除	除	除	除	除
印	印	印	印	印
急	急	急	急	急
动	动	动	动	动

劲	劲	劲	劲	劲
地	地	地	地	地
幸	幸	幸	幸	幸
喜	喜	喜	喜	喜
扬	扬	扬	扬	扬
择	择	择	择	择
抵	抵	抵	抵	抵

按 按 按 按 按
捂 接 接 接 接
换 换 换 换 换
茶 茶 茶 茶 茶
药 药 药 药 药
荣 荣 荣 荣 荣
蒜 蒜 蒜 蒜 蒜

莓	莓	莓	莓	莓
芝	芝	芝	芝	芝
满	满	满	满	满
尝	尝	尝	尝	尝
省	省	省	省	省
堂	堂	堂	堂	堂
呼	呼	呼	呼	呼

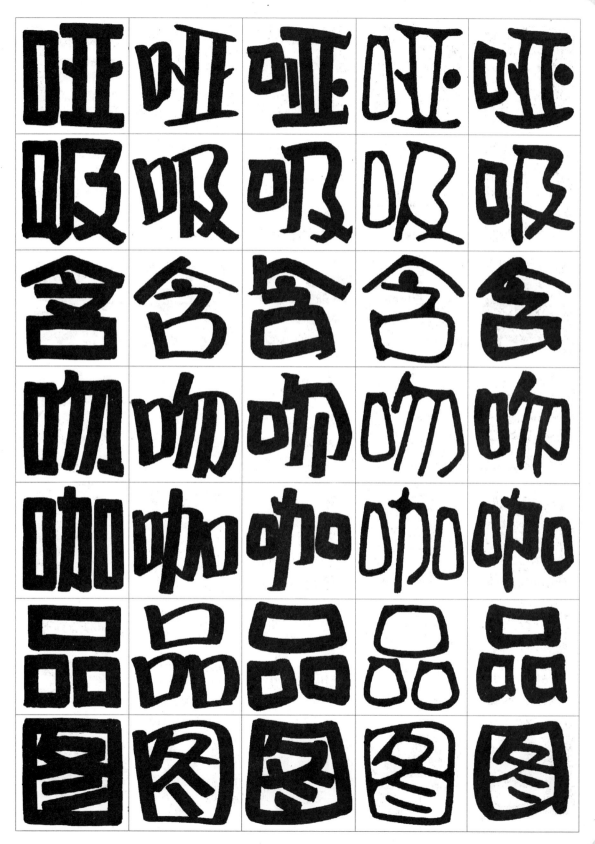

圆 圆 圆 圆 圆
岳 岳 岳 岳 岳
岁 岁 岁 岁 岁
幽 幽 幽 幽 幽
套 套 套 套 套
奖 奖 奖 奖 奖
爽 爽 爽 爽 爽

奔	奔	奔	奔	奔
卖	卖	卖	卖	卖
夸	夸	夸	夸	夸
装	装	装	装	装
袋	袋	袋	袋	袋
竹	竹	竹	竹	竹
第	第	第	第	第

筹	筹	筹	筹	筹
顺	顺	顺	顺	顺
顾	顾	顾	顾	顾
预	预	预	预	预
颜	颜	颜	颜	颜
蚊	蚊	蚊	蚊	蚊
蛇	蛇	蛇	蛇	蛇

蛋	蛋	蛋	蛋	蛋
蜀	蜀	蜀	蜀	蜀
粗	粗	粗	粗	粗
糕	糕	糕	糕	糕
糖	糖	糖	糖	糖
起	起	起	起	起
趣	趣	趣	趣	趣

跑	跑	跑	跑	跑
促	促	促	促	促
辣	辣	辣	辣	辣
辨	辨	辨	辨	辨
辞	辞	辞	辞	辞
诶	诶	诶	诶	诶
课	课	课	课	课

需	需	需	需	需
零	零	零	零	零
律	律	律	律	律
得	得	得	得	得
街	街	街	街	街
微	微	微	微	微
馒	馒	馒	馒	馒

饼	饼	饼	饼	饼
饰	饰	饰	饰	饰
售	售	售	售	售
难	难	难	难	难
集	集	集	集	集
雅	雅	雅	雅	雅
鉴	鉴	鉴	鉴	鉴

将 将 将 将 将

鲍 鲍 鲍 鲍 鲍

鲨 鲨 鲨 鲨 鲨

强 强 强 强 强

粥 粥 粥 粥 粥

学 学 学 学 学

孩 孩 孩 孩 孩

享	享	享	享	享
尾	尾	尾	尾	尾
尽	尽	尽	尽	尽
局	局	局	局	局
汽	汽	汽	汽	汽
酒	酒	酒	酒	酒
游	游	游	游	游

泥	泥	泥	泥	泥
浴	浴	浴	浴	浴
涨	涨	涨	涨	涨
港	港	港	港	港
涮	涮	涮	涮	涮
渴	渴	渴	渴	渴
减	减	减	减	减

冷	冷	冷	冷	冷
洗	洗	洗	洗	洗
鞋	鞋	鞋	鞋	鞋
鼻	鼻	鼻	鼻	鼻
墨	墨	墨	墨	墨
快	快	快	快	快
怪	怪	怪	怪	怪

情	情	情	情	情
丝	丝	丝	丝	丝
约	约	约	约	约
纷	纷	纷	纷	纷
经	经	经	经	经
给	给	给	给	给
绝	绝	绝	绝	绝

风	风	风	风	风
用	用	用	用	用
正	正	正	正	正
制	制	割	制	制
割	割	割	割	割
卧	卧	卧	卧	卧
外	外	外	外	外